文学之都
未来诗空

向里面飞

沙克 著

江苏凤凰文艺出版社

图书在版编目（CIP）数据

向里面飞 / 沙克著 . ── 南京：江苏凤凰文艺出版社，2023.1
（文学之都·未来诗空）
ISBN 978-7-5594-7210-6

Ⅰ.①向… Ⅱ.①沙… Ⅲ.①诗集—中国—当代
Ⅳ.① I227

中国版本图书馆 CIP 数据核字 (2022) 第 189085 号

向里面飞

沙 克 著

出 版 人	张在健
选题策划	于奎潮　陈　武
责任编辑	王娱瑶
特约编辑	王　萱
责任印制	刘　魏
出版发行	江苏凤凰文艺出版社
	南京市中央路 165 号，邮编：210009
出版社网址	http://www.jswenyi.com
印　　刷	三河市华东印刷有限公司
开　　本	880 毫米 × 1230 毫米　1/32
印　　张	8.75
字　　数	160 千字
版　　次	2023 年 1 月第 1 版
印　　次	2023 年 1 月第 1 次印刷
标准书号	ISBN 978-7-5594-7210-6
定　　价	58.00 元

江苏凤凰文艺版图书凡印刷、装订错误，可向出版社调换，联系电话 025 - 83280257

目录 contents

向里面飞

上辑　望不尽

002 | 春色刚刚淡去
004 | 初秋的平原
006 | 春天献词
008 | 石头：语境
010 | 一只不想的鸟
012 | 小雪到来大雪降临前的准备
014 | 光阴的果实
016 | 石头铭
017 | 感　恩
019 | 弯　路
021 | 气流往下冲

023	内　在
025	夜　雪
026	在一句话的风景里
028	忏　悔
029	微信年代
031	清　澈
033	看见的，在消失
035	手指那么长的灵感
037	山　野
039	甬　道
041	神住在苦楝树的内核里
043	水晶喻
045	三十字
046	无　视
047	别对我说大海
049	低音节
051	过　河
053	我所说的好东西
055	感　动
056	黄昏暖
058	心情好
059	又一春
061	一　切

062	那冒烟的人
064	如人类
065	五月末似有蝉鸣报晓
067	过　线
068	理想题
070	桦
072	一首诗……
073	透过现象看本质
074	渐近的背景乐
075	打门的迎春花
077	望不尽
079	地理题
081	飓风中的静物
083	年终的雪落在头上
085	冰　瀑
086	投　影

中辑　漂流瓶

090	当我老了
092	她们啊
094	雪中的冰凌花
096	阿奇……

098	清秀佳人
099	一念间
100	玉如意
102	虚拟爱人
104	时光之爱
106	原　地
108	爱情史
110	一直爱
111	漂流瓶
113	听雨雾
115	因为你
117	深夜的情书
119	月亮快圆了
121	掰开中秋之夜
123	致信月亮
125	格桑花
127	亲爱的，想象，象征
129	倒时光
130	旗　袍
132	生　日
134	贫穷的爱
136	为海子的母亲读诗
138	蓝布伞下的上海

141	桃花潭
143	小　引
144	手工者
146	天性在……
147	酒写意
149	大雨是礼遇
151	柔软的事业
153	草蛉公主
154	情感论
155	拟琥珀
157	祝祷词
158	多少回
159	致
161	为老父搬家
163	感应篇
165	留　白
166	妒先贤
168	又一次为阿忆祝福
170	典　礼
172	我又爱了
173	感春句
174	晨晖弹到键盘上

下辑　在母语中生活

178	深刻的地方
180	物　种
182	拜　年
183	叙述……
184	胸　怀
186	锦　囊
187	是草，是金
189	洗
190	马腿的远方
192	向里面飞
194	论　语
195	写一位明代状元
197	隐　者
199	记碧螺春
201	悲伤词
203	玉
205	文　庙
207	把我包进粽子
209	晋中行
212	在母语中生活
214	白　话

216	低温叙事史
220	回皖南
222	劳动史
224	顶针格
225	寓浮生
226	秋入圆明园
228	评斗拱
229	一个长句子
230	静修课
232	思卢沟桥
234	容身于此时此地
236	三节连至
238	补丁课
240	过　门
241	脊椎与发条
243	本体论
245	广陵碎词
246	温馨的汉语
248	像什么
250	于无声处
251	家，一直都在
253	留言：生死帖
255	在世上

256	冬至耳语
258	今年辞
260	飞出物
262	墓地，算术题
263	假如我长生不老
265	转　机

上 辑

望不尽

春色刚刚淡去

半空迷蒙,梅雨将至
葱色蔓延着,江流河流稍急
大船小舟行东驶西
沿岸的楼舍红白交错储存了
一春的勤奋和期许
橘子树和葡萄藤的枝叶间
呈现挂果之甜
手机讯息在槐花的零落中浮起细节

仿佛玻璃被泼了一层水
透进来的景象,稍许晃动,不事喧哗
瓢虫、榆树、飞鸟
及疾患初愈的人各自生息
孤寂,隐忍,被芬苾的笑颜稀解

迷蒙的天气格外柔和
带来绸布摩擦皮肤的湿热

卧岸的铁牛脊背黑亮
与牧童与吃草的水牛交互亲近
间或,阳光与云穿插绣彩
大片大片的麦田直往心头灌浆
电厂的冷却塔呼出水汽
高铁轨道掠过市民、村民的肩侧

春色刚刚淡去,风光渐渐浓郁
世态转暖,户内声乐委婉
传向有土有情处。一切自然物不持立场
不对无根的枯萎发表见解
大野外的温润之身
默默地,施放着转季所得的恩惠

初秋的平原

近海的街道像甲板
承接着雨水的黏稠与多思
葡萄叶子间已无葡萄
粗壮的丝瓜藤迟迟还没有开花
耐着晚季的性子

门窗关关开开
进出脚、光与气流
这是八月,时不时打着闪电
这边灭菌那边杀霾
常态之下,开心多于糟心

上班、劳作、购物、闲玩
信息量与营养富足
不同方式的生活倾露着满意度
远的不论,近处和微观处
空气、土壤及河水里隐含着

某些成分,还需要净化

在菜场的秤盘中
在低头看的脚尖和心尖上
常常出现疑惑之斑……
哎老派的平原,你这位
负了全责的植物和食物的统领
得把美中不足的日子扶稳

仁厚着的平原
像平稳的石舫处在水土
与岁月的风口,虚抿着嘴唇
分发果粮,搭扶、勉励一些掉队者

爽亮的气象渐占上风
向好的初秋,还在不歇手地缔结果粮

春天献词

我用饺子献词,幸福馅
为父亲母亲献词,安康吉祥
用烟花炮竹为孩子们献词,天天进步
一天比一天缤纷响亮
用汤圆为天下的人家献词,快乐每一刻
为兄弟姐妹献词,裹着芝麻糖

我用手掌献词,劳动着
我用脚步献词,行走着
我用心脏献词,热爱着
我用狗狗、猫咪、鹦鹉献词,呵护着
我用屋前的一小块草地献词
连带着空气水分和光照

我为所有地域的姓名献词
幸运的请上前
佳酿注入你们的内心

烦恼的请转身
芬芳发自你们的感情
我为自己献词
不论大小，无条件地爱与被爱

我用唯一的命献词
珍惜亲人朋友，好好生活
在乎每一刻才等于在乎永生
我是春天最理想的接生者
打开朝向世人的窗门
请取用需要的色彩和声音

这才是我产生的春天
这才是我坚守的春天
我始终大声为她献词：
生命、自由、美和爱
唱起来啊，生命、自由、美和爱

石头：语境

池塘的石头
青蛙蹲在上面
河流的石头
青脚鹬蹲在上面

湖泊的石头
社区蹲在上面
海洋的石头
城邦蹲在上面

石头：块石，礁石，岛，大陆
高出水域
人间蹲在上面

石头的底盘
活在水底的淤泥下不露脸
写起来笔画少

吐出来都是牙根、钉子

石头踩着地核的泉眼
孕育几多素质心眼好的种族
同时饲养青蛙、青脚鹬、社区和城邦

一只不想的鸟

转眼间
我看到稀疏的风在深谷里飘流
与石壁碰撞,反弹,回荡
从侧面的一个缺口幽亮地飞出去

我看到一种俯冲
自由落体,触碰地面卷起浪花
什么都没实现

我还看到一种转动、翻旋在手表的机芯里进行
戴表人的五体松动得厉害
心已破裂

转眼间
我又看到火焰在一滴水中蹿动
冒出云和汽的形态,幻如智慧、能耐、预言
迷失为宽厚、深远,不过是他文字的十分之一

文字不过是他动作的十分之一
动作是他不想的千分之一
不想，不决生死

最后我看到风、云、烟、灰、目光的弥散
眼眶里虚无了东亚的山峦和脚

流行语，新词汇里不切命运的梦
——稀疏而无度的脸，被他的爪子捏碎
一只不想的鸟
成了心脏的净重

闭上眼
在我的手指上收敛了翅膀
从来也不想
要么飞成无形

小雪到来大雪降临前的准备

听啊,你们
我要赶在小雪到来
大雪降临之前写好冬天
写好被褥、火炉、食物
还有一本隐忍的生活指南

市中心的村子里
河流还没结冰,居民有人儿狗儿
个别熟人为神经麻痹而针灸
草木的呼吸系统,期待着雪衣
覆盖,然后被融雪激活

写好零下十五度的酷寒
刮去室内外的浮云、灰心和不知足
用冰冻来抑止可能变异的细胞
冬天就要像个冬天的样子

我要赶在小雪到来大雪降临之前
写好秩序,写得细致持久些
用坟茔般的安和净代谢掉朽烂之气
让信者、爱者安然过冬

你们,咳出气管里的块垒
跟我住进客观的镜子
照见魂灵,照出暖和的精神来
复圆自己的好性情——
沐浴天赐的一丝不挂的虔诚
当大雪下来时,洗白内积的暗色

光阴的果实

用泥、水、光、血
来储存分秒
在身体拔节的时刻
注入利息

种植昼夜的人
只能是我的睡眠很少的祖母
她的青春
否定岁月增长

责任心的果实中
找不到野蛮
看不到存在主义的花哨标题
在贩卖存在感

延续几代的水井
含了救赎的眼神和思虑

地上的长了有多高
多蓬勃
地下的扎了就有多深
多蔓延

我的本
在祖母的闪电发鬏间
兑成电子器官

石头铭

压心的石头
呼出来,一口气

多心的石头
打磨,变成唱歌的灯

称心的石头
在风光的胎中发育

行走半生
膝盖无数次弯曲,还水肿
里面的石头磨了一些,没软半分

里面
还长了一根可疑的刺

感 恩

无亲无故的光
像徽产徽物透进木窗
我接受
素不相识的土
把微尘蒙到我身上

处在混沌状
有时顺当有时踉跄
进,还是退
不在天意在人心
我记住
眼角挂着悲悯和悔意的人

一切道德、感情的来往
互化为氧气
我感恩

一切显而易见的徽风徽俗

处处存在

与我发生关系

弯 路

你一生走过的弯路多
直路少
不意味你蠢
相反你有能力走了过来

揉在纸团中的行程
含着世界地图
比走捷径的大脑
多出一道信义的沟回

后人不犹疑——
去其中一条弯路
拾起你扔掉的废纸团
找一个活法,走得顺当些

可是,也许,永远
别想预支那份安息的地契
赶紧的,先找到起点……

气流往下冲

气流
冲进中央大道
从上往下爆米花似的炸开密集的脑袋

把汽车尾气和人体气味
冲散
回升到顶空

一波波气流
从上往下飞旋冲击
冲进每一户的门窗和墙体
把电器之热、馊腐之味、无畏的私心
冲散
回升到顶空

其他街区也一样
气流冲击、涤荡,汇成浊流进入

下水道

一只山水盆景
转过很多地方转过很多手
避开气流，未受染指，品貌清新

天地有感
施予人间惠风和畅

内　在

青铜，无视刀铖之寒
白银，无视杯盏之安
逝者不得重生
生者还想从头再来
黄金的脸，无视名誉之亮

大势裹身
无视贵贱来历
别问青铜去了哪里
别问白银去了哪里
别问黄金罩着梦乡去了哪里

无视时代的迷惘
别问为什么拿大象也换不回清明
它的体质远远小于体积
小于一个乳酸菌

脆弱，吹弹可破之世
代际含糊，无视峰谷的显隐
拿信心唤人心
个中的细胞质在守托未来的底
——且别再问

夜 雪

窗帘动了,外框发白
被角挂拉下来
梦,下床
披着心光出门

问天:
一夜间
会下来几个雪人
屋子小,不宜留宿

梦没回来
去找树根下的另一个梦商量
把担忧,转移到哪里

在一句话的风景里

在一句话的风景里允许
人与一切事物互容
日常从容恬淡,思想无瑕
潜意识中,水流清澈,光色炫丽
眼角析出的熟字是:对

在一句话的风景里拿出
人人想要的东西
叠收进脑袋的沟沟回回
等,想,拼……耗过了半辈子
怠误多少的人事机遇

在一句话的风景里安置
下半生的生活希望
低潮的时候把问号改成省略号
不在胸口画十字
不想去叫一声天堂和上帝

这一句话是：人生多美好……
那是我不懂事时
与自己打赌投下的筹码
太多的人被哄晕

我忙着写作不屈服的失败书
还没到确认输赢的时候

忏 悔

活到中途时发觉
自己有，过

我找到了自己腿不沾尘
心游云端的内因

曾经脚踏实地
我踩过太多入土的人

地下的他们多于世人
托着我的脚走过半生
从不吭一声累更不索人情

多年以来
我负重或轻身常走僻净之道
腿不沾尘心游云端

微信年代

各种表情
没日没夜在爬动

没日没夜
眼神、脑细胞
从指尖上流光溢彩

线上聚集的人互不相识
陌生到了忽视彼此身体的地步
直顾往对方的脸符上哈气

没日没夜
关门闭窗练速度
与聊天的人比赛修辞本领
互相投射滑稽的表情

忽视身体的年代

何谈脑袋

人与人交往由表情做主

没有身体的表情

罩一层薄屏

刷动着几百串欲望的数字

在光纤里没日没夜地跑

跑到教堂的台阶前

上不去了,那里有顶真的神灵……

没日没夜浮闪着

虚拟的贪玩的人情世故

清　澈

羽状的复叶多清澈
一串串的，柔荑花序看过去多清澈
透视一棵枫杨树后面的
一座山的玻璃肚子
那里边什么都没有多清澈

山背后的更多山、峭壁
与下坡、海洋多清澈……我的眼力
把层叠的物和貌抽象出来
为了
投向海沟所掩隐的少数部落

那里奉行历史主义
生活古朴，小如鲸跃，大如海啸
为活在数字化中的我所敬仰

远望，自审

省略掉身体里重要的和不重要的
把负重和积习稀释蒸发
因为
我要迫使我的眼睛清澈

以一棵枫杨树为参照
关顾世界，反思现实，活成真我
山水、人心、面相清澈如流
这才是我的餐食，时代

看见的，在消失

你门都没入
就想见我
拿什么对先人说话

看见的荣光、盛筵和状语在盘结
看见的鸵鸟蛋中驻着帝都
体量越来越大而体质
越来越弱

看见的，在消失
看得见的一切都会消失

你摸到脚趾
路弯曲成豆芽
你踩到蛇
勇气变成蒸汽

看见的一切已经消失
你却没有留心
拿什么与我交流

闻都闻不到
看也看不到
消失一空将无可消失

你在瓮中追求意义
连门都没出
看不见我的消失——
消失在倒伏之前
意义之后的看不见中

那看不见的
不为消失而担忧永远存在着

手指那么长的灵感

和蜈蚣一起爬行
和蜥蜴一起出没
手指那么长的蜈蚣、蜥蜴

与江岸的凌晨一起变亮
小口吸氧

他在砖石堆中笑待生活
他还在笑
他是季节的化身

手指那么长的存在
与杂草、虫子、猫脸花攀比心情

他做的事写的字传播过的爱
低于创世纪的峰值
超过蜈蚣、蜥蜴的存活期

手指那么长的灵感
奉行爬行主义从不离开地气
跟着蜈蚣、蜥蜴学跳舞

他的情绪好
在孔穴和涛声中把握命运

山 野

远山的绿脑袋
长发触地
它的腿伸过来把脚尖没进水泊
野鸭的眼珠里
游着碎光

软和的柳条
扬起颤抖的和尖细的两种蝉鸣
在这七月的会场

朋友聚集：鹁鸪、鸽子、青蛙、蜻蜓
相互打听城里的事
它们坐在树枝上、草叶上、石头上
注视一双皮鞋走进山野

皮鞋的后面
尾随着密集的车轮

随后是一座临产的喘着粗气的大城

它们分散开去
杳无声影。远山的绿脑袋
长发触地被踩断几根
头皮隐隐作痛

水泊静若无物
山野的气色渐入黄昏

甬　道

心跳和走动
合成暗长的回声
左右两排门，关着可能的深渊

没有人推开过
也没有人去触摸实体的墙

脚底冰凉
心中涌现天际线

尽头有个亮点
是白天，不是灯盏
走到底了被厚厚的玻璃挡住
退到

外面
遇见悬空的月全食

在吐蒸汽

角膜被感应
胸骨内涌现许多的我
沿着自身的一条甬道把两排门
全都打开

从不同的门
跨进无路可回的原乡之野

神住在苦楝树的内核里

叨着圆果快飞的鸟雀
对苦楝树，对来日一无所知

凋落的圆果
被大大小小的鞋底踩烂皮肉
内核陷到泥下

苦楝树的圆果有多苦
约莫海水煮黄连

花开满枝的时候神不在
枯叶飘零的时候神不在
悬挂的、入土的
被鸟雀带走的圆果始终在

苦楝树的内核里
住着谦卑、容忍、仁慈的对象

一树迷雾的时候
泥孔中的昆虫呢喃自语:

神住在自然的体内
也住在苦楝树的内核里
调度气象——望凡事各行主张

水晶喻

黑色的那种
晶体里不藏一点杂质
均匀的黑,对外反射白色的光

白色的那种
包含一点内伤在里面
一片黑鱼鳞,一截蝌蚪的尾巴
呼一口气就游动起来

从来就是水晶
黑或者白
不掩饰自身和这个世界
擦去外表的尘埃
划痕隐约

光和眼神,走进晶体
不占位置不停留

走出去，把黑白传说成神

水晶的内伤
……时间的美
拿自己和沧海做比喻的人
肩上扛着代价

三十字

我又拿住了黑暗
等着交给光明

光明迟迟没来
还在缝制盛放黑暗的天大袋子

无 视

都拜服在一个强大事物的脚下
各种代言者在拜服
由衷的

漆黑中的人群被蜘蛛网包围
见不到一丝亮
却都在夸奖蜘蛛的力量
网的牢固

一个龙虎文身的强大事物
经过皮肉闯进来
经过眼睛闯出去
我孤立在原处点火
掸一掸衣褶里的灯草灰

别对我说大海

浪、礁、岛屿及其穷尽想象的形容
把水面上的海鸟家族
揽在一种情绪中
性格各异的生物包括鱼
在浅水里享受互为吞噬的自由

……与台风合力
把重金属摇滚泼上岸
戏谑大陆、性命的一次次疯狂
被苦难一次次识破

……船、泅渡的人、钓竿
被捞起来的时钟和财宝
被鱼吃掉被淹死
死了还说什么,死有什么了不起

这不是大海

这不是大海
这不是大海
别扯什么履历、格局、才能

大海在乎过死么
在乎过诅咒夸奖吗
它让太多的死越不过百米水深
五千米下的海水
黑如谋略,黑如钻心,钻破海床

谁在一万米下的海沟里走动
端着一碗沙漠,喉咙干燥得哼不出调子
他扛着大海
舍不得喝掉大海

低音节

近来天晴风缓
艾草萎黯，隋堤的寒土抹着白霜
冰冻间水意粼粼
过夜的鹰抓紧意杨细枝
在微颤中数着星光

过冬的壶与体温互守
气息转换间又饮尽一个年份
回望身影不含半节委屈
拐弯处，一架心桥在暗中过渡

迟迟不见雪势
湿润的原野向不可知退缩

有一脉音讯临近

葡萄的枯藤在一些节点发胀
离抽芽长茎不会太久
往上撩开云帘,往下拨响流水

过 河

一群人一群人乘着阳光奔走
轻松过了前面的河
夜里,月光引导又一群人
架桥过河,另一群人趟水过河

在我的年岁里
三代人相继过河了
眼镜蛇、蝎子犹豫到最后
也过河了

……都过河了
河这边,剩下我,带着我亲生的影子

待在出生地,读圣贤书
对影子讲为什么人有影子的道理
也对星斗、风云和心脏讲

前面的河岸
在向我移动
越来越近我看见它腰间贴着膏药
我向后退

那条河岸还在向我移动
我向后退，我看清了它小腿的汗毛
那条河岸一直向我靠近
我退到悬崖

那条河横到我眼前
水色迷幻，像一种鸡尾酒
上层红色，中间绿色，底层紫黑色
紫黑色是三代人的血和血和血
直到此时
我也没有过河

悬崖边的影子颤抖了
忍不住对我说
到最后了，你带我过河吧
这条河未必是什么底线
可能是幸福线啊

我所说的好东西

我所说的好东西
借气流能飞到一万米高
硬飞能上去几千米……
大雁落在河边,游到对岸

我所说的好东西
摸黑也能度过两个世纪
不会偏离喜好……
乌鱼沉在暗处,游进杂草

我所说的好东西
不可能被命名……
恐龙绝迹,蝼蚁上树
不过是死其所死而活其所活

我所说的好东西
不在乎什么形状神态……

落雁沉鱼也形容不了它的存在
可高，可低，可死去活来
一息未止，一息走心

感　动

冲涌过来的浪潮退到海里
退回去很远
从山崖底的卵石堆中爬出螃蟹、海星和珍贝
它们来自对岸
披着水光，轻轻蠕动着
张开肢体的缝穴
释放着天际线对这边的召引
那是无声的那是
它们带给遍地是马鞍藤的此岸的福分

黄昏暖

疏松的土,吮吸着蛋黄的光
一条千脚虫爬行在仿佛丘壑的皱褶中
它细长细长的影子也在爬行
它的影子里可能还爬着肉眼看不见的菌虫

斜阳释放着中温
没有哪双眼睛注视它
它渐渐放平的光把一株龙须兰的斑影
拉得比本身长了几倍
几只潮虫从碎砖头底下爬出来
每一只都有随身而动的扁圆的小黑影

凡物都有剪影
山峦、水浪和赤脚被斜阳暖暖地裁弄

我没动弹,发根微热着
我位于江苏的身影

更多地领受到了环境里的暖意

斜阳调适它的状貌

随开春的亘古以来的黄昏一起蠕动

心情好

触目所见
都是光的呈现
触手可及,离心不远
一只暖壶的容量与寒流不相等称

暖壶的高光点中藏着
一只眼,与明净的窗子对视
黑色手把上的指纹
爱春色,爱动
也留在了外面的梅花的脸上

手的光
在皮肤下的静脉里流
流得柔润,流出心的微暖
这就够了,闭着眼
也够在乍暖还寒中握住
一些断了光源没有手把的夜生活

又一春

人们在钟表里生活
顺随着脉跳的频率走动

鸡冠鸟醒了
飞出树洞的巢,脱落一根细毛
绕着橙红橙红的旭日旋转
策应孩子们早睡早起

柳树还没扬花
鸡冠鸟去植物园寻食嫩绿的跳蛹

钟表里的厅堂开着天窗
云霞可以落进来
初愿也可以飞向穹顶
半空中跌下来有海绵垫承接

河里的鱼儿划动水波

船上的腿去他乡为一份夙愿打桩
分针秒针，叮嘱少年青年
在柳树吐出舌头之前飞高走远

时针是根，待在本地
用绽青的柳枝收容雨水、碎光、羽翼

一 切

阳光,晒日子
日子,腌阳光
给未来储存一些干细胞

迎着风沙放尽泪水
转过身
笑容回敬温暖
仿佛一切还没发生

那冒烟的人

那冒烟的人在夜奔
读不到他修辞格中的黑色幽默
那冒烟的人在山顶飘摇
听不见他夹在断代史里的心思

故国不介意人生漫长或苦短
在乎一江一河的温度

在乎肚量
容得下属地的平凡
令冒烟的人把冒烟的话头
熄灭于喉咙

在东吴、金陵和江淮的竹林中
三种冒烟的人都退了火

合用一把桃花扇,话题清淡
涉及瓷、版本、酒
朝向今年明年悠闲而来

如人类

田野里挖到一根骨头
……叮满了一个村子的蚂蚁
锄头战栗着,空着肚子
离开了,走几步,忍不住转回头
骨头,蚂蚁,不在了

锄头倒下去,流泪:
"多么饥饿、可怜、贪婪"
泪迹没干。一个村子的蚂蚁叮上来
……锄头不在了

五月末似有蝉鸣报晓

久违鸡啼
似有蝉鸣报晓

还欠些时节
我相信黎明的听觉
或许它从去年传声过来

世上的良愿
走在从过去传向未来的路上
不管距离中间站的我的耳朵有多远

（曾听过原始的那只蝉鸣
从我的寂寥子夜传到千秋以后）

蝉鸣报晓
它从去年传声过来
没等到曙光打窗又轻若蝇影离去

止者若退，行者匆过

转耳不可赎回

过 线

手伸过去
头,顶过去
脖子和肩跟过去

胸脯挺过去
腰、臀、大腿扭过去
膝盖、小腿和脚跑过去

伤病的过程
落在后面过不了线

理想题

太阳爬上山峦
一列动车的头进入洞口
轮子在隧道里飞

你拿着命运的百分数
听候调度

太阳落下山峦
一列动车的尾进入洞口
轮子在隧道里飞

你拿着命运的百分数
快归于零

问一问落日
隧道另一端的洞口
是什么情况……

别问
轮不到你马车通过

试一试从命运的等待中
抽回真金白银
买断一天里的头和尾

打在传统的马掌上
接在你不用排队钻洞的腿上
走向自然升落的过程

桦

沙尘暴……退去
桦,舒张全身的心形叶
抖掉灰埃。忍受由远而近的低温

桦的身材良好却过得庸常
认命于科属,时不时啦哗几下子
喘口气,度量着某些安危

落叶在中秋后发了枯
叶蒂发暗,在微风中活络络打翻
与枝上的一些绿叶呼应,仿佛还是连体

少吃些苦才能活得久
能打开时慢慢打开该收缩时尽量收缩
随它去,周边的高矮随它去
远处更远处的泥沙凹凸,随它去……

在退去的与下一次的沙尘暴之间
桦的心思褪去一些皮屑
树干上爬满了黑眼
弯弯的，不成对的，错杂的
一只只都在直视身外的不祥之冷

承受霜，忍受雪
生出一身的粉白是投降吗
……根须在应变，弱电似的施放
生长素，接过沙尘暴和低温抽来的极限

一首诗……

一首诗连着一首诗

是多么快乐

一首诗脱离一首诗

是多么痛苦

一首诗消解一首诗

是多么艰难

一首诗成就一首诗

是多么高尚

一首诗独领风骚

一首诗比死亡比朝代伟大

一首诗活在白骨之上花簇之中

呼吸着所有人的呼吸

透过现象看本质

落在感官上的花花绿绿
被智慧、经验、力量
撵走

外表，靠不住
话语滔滔挂瀑布

造物主的火越来越弱
人心泱泱
漫过苍穹

热爱生命源
珍惜光阴的抵抗能力

渐近的背景乐

请把一滴铀
注入一串项链中
贴着颈动脉的那颗珍珠

那颗珍珠的乳名
叫纯粹
来自没有归属的一个海湾

是海草和铀养大了它
它爱柔润,爱和气
两个世纪来从没变过脸

请了,珍珠
随我老过的光阴入葬
我身上还有省下来的铀和海草
也许它自愿,还需要

打门的迎春花

空寂得发沉
迎春花咽下吐沫……憋着
黯黄着脸,不敢吐气

口罩领衔着时装秀
露出疑虑、煎熬、求生的眼神
对着升天的背影哭不过来

暗疾、明伤
被些微的暖流化开,一丝亮
打在夜幕上映射成哨声
听懂的耳朵知多少

太多的床喊累
承接无主的枕头的伤悲
久闭的门睡够了不想睡的觉
梦见迎春花开

河道撕开冰冻
路面开障
机器人打扫户内户外的残迹
发动机激动地走上街头

人人参演了一场惊悚
主角，消隐在无数滴春雨中
迎春花憋不住才情
挨户打门，唱起"生活多美好"的老歌

望不尽

使针眼开阔
使水滴浩荡
使跌打的奔突的和爬行的飞越的
修成君子内能

曲线求直,逆水过境
二十四节气有天荒地老的可然率
手腕的脉动脖颈的脉动源于一腔生机

暗物质,在天渊
高光体,在街区
望不尽的相遇中自有吉星高照
必然更生,必然复兴

大者自大
小者自小
大小互生才是真大真小

望不尽曲折之最

使万马奔腾归入针眼
使万物澎湃息于水滴之隐

琴瑟收起，久违的词典被打开
安宁，休止……接应另一种征象到来
望不尽瑞雪庇佑多少疆域

地理题

服从于年华
未必是血流冷了
一个地方对另一个地方的远离
时刻在发生,不是蝴蝶梦能合拢的

一个地方到另一个地方
两厢恒久,彼此的丈量从未中断
目光快过时光,脚力,便大于离心力

犹如从一厢到另一厢
这边空、那边满……往返中
产生风尘、湿度。河水江水是不断的

恍过几段年华
能听见一个地方的声母涌动着
另一个地方的韵脚

流域在收缩
舍弃固有的抒情与排比的偏旁部首
唯头、脚和勇气以四海为家
放尽血流之私,年华之虚,或另成地理

背着时光机
制造不起皱纹的童话世界

飓风中的静物

被刮倒的人、树和房屋
滚动,飞散直至消失一空
地面纹丝不动

飓风过去了……呼啦啦又抽回来
除过地面和山体
没有能够待得住的东西
恐惧也被吹散了

有一小团絮状物,像长了毛的心
纹丝不动地悬在半空中
飓风,对它发起一次又一次冲荡

山体的一块玉石反光
折射,形成一小团絮状物

一直是轻柔而在
飓风对它使完了力气
断然息止,不留蛛丝马迹

年终的雪落在头上

年终的雪落在头上
把头发染白
凡物凡体的表层也被染白

把头上的雪带进门
进入私人空间
慢慢融化

门外的一根晾衣绳
变成粗粗的雪条
积聚了全年的冷与不屑

我还有四分之三的黑头发
用来承接断续的落雪
我出门而去……

头上的雪

被我带进门内
把上天的意思和我的意思
带到人间的里层

白的融化,黑的变白
心情自含着温热
直到头上没有一丝浮物存在

冰　瀑

水流，没跑过寒冷
被速冻的力一滴一滴给抓住
钉在悬崖上

囫囵的寒冷
抓住轻浮的流动性
刻录出一毫秒一毫秒的刹那间
伤痕、肉芽和疤结堆积……

不珍惜光阴
坐不住冷板凳又跑得慢的妄想症们
看在眼里，打着寒战
仿佛自己被囚在一粒冰晶中
喊不出声：激流，闪电

投 影

一条投影
跟着拐杖行走
经过树下和楼下的阴影时
隐没了自己

拐杖不小心摔倒在地
它拉着长腿跑开
拐杖爬起身,它又弹缩回来
寸步不离地跟随

拐杖倒下去爬不起来的那一次
投影抽身离去……转眼间
依附于另一种行走
重现在光照下

似有若无,却之不能

"活在日光、灯光、反射光中的投影

是各种本能的共通缩影"

中 辑

漂流瓶

当我老了

当我老了，茧皮暗暗剥落
陈旧的音乐掠过头顶又凉到脚底
钟摆变迷糊，熟人变陌生
过去的那些想法一天一个放弃

唉，抬不动腿去登山
对美女和景色都不感兴趣
总觉得要交代什么
那一切已说过十八遍
还傻笑，嘴角老流口水
爱听鹦鹉在耳边大声地学舌

门窗全打开，等更多氧气进来
也希望海水的潮汐光临
看看，听听，静静等待着什么
亲近的人影逐个掠过心际
蚊子叮咬手背，随便咬吧懒得拍打

血管暴凸，血流在渐渐放慢

唉，当我老了，已经太老啦
躺在牛皮沙发上，闭眼多，睁眼少
老觉得有一条渔船驶近
船头站着信使，来送天上的请柬
突然，目光升温，手腕来劲
我抓住缆绳，抓滑了……帆影幢幢

一次次抓住缆绳，抓滑了
直到气力全无，被一只鱼钩钩住
三天两夜，被拽离大海变成一团雾气
——哦海燕，我依稀的海燕
儿时脱落的乳牙，咬住几丝暗光
落地成琴弦和琴码、琴拨
七天后……拨弄我爱过的人的心思
柔和的音韵随风起，叫浪息

她们啊

淡放十八的兰香
带襻的鞋走起来不带
半点儿响声。待以一壶果子露
放入一勺自然主义
喷淋三四种青春的渴望

可以草庐,可以华堂
也可以只有一块踏实的木地板
承接、蕙质、兰心
记录她们无止境的成长

窗外的三四种烂漫
开岔、分化,变成几缕银发
被现实主义虏住

她们祖、母、女三代
经受过物质主义

个个柔韧、慈善、健旺
以爱传家——我不服小,不服老
不弃理想主义,尊爱她们

跳慢了的心脏
可以当作怀旧主义的酒杯
落单时小饮两盅……
我已从儿、父、祖升级向青烟
遗留给她们用不尽的氧

雪中的冰凌花

漫天鲜亮……飘
优柔得、轻得触不到实体

一朵冰凌花落进小院
像一种药性，带着兰香
我拿热情来招待她

夜雪，时停时飘
药性过后的她消失了
我不安不眠，碾痛了木床

发一个短信给远方
约第二个她乘一束卫星的电波
来和我谈心、过年

……这一朵冰凌花
暗白、匀称，吐着冷艳

给她喝一杯凝固剂
化身成可长可圆的吉祥物

长住在我的小院里
排在虎年首位,持着我故乡

阿奇……

跟你说，阿奇
世道寡情，明白吗
我为你唱歌
不是想娶你
是我的眼要看你的心

阿妙
阿水
阿风
阿景
阿灵
不是我贪爱

阿奇
世界虚拟，知道吗
我为你痛风
不是想娶你

是我的手要拿你的魂

给还是不给……
不跟你说了

清秀佳人

一天到晚忙得浑身搽粉

你说二姐的小吃店生意好不好

三年前老街被拆除变成 ABC 广场

街坊邻居们住进四个小区变成文雅公民

五年中城市快速长高美化

就是没见过六宫粉黛来店里吃面条

老城墙下的幌子被西风吹得七上八下

九年下来她的丫头已经长大

用十秒钟看她肚脐衫股沟裤端碗抹桌的样子

至少算是清秀佳人

一念间

为什么我的词语中徜徉着流水、光线、感情
为什么我的心脏像水泵伴奏陌生的旱田
为什么磨难对准我的病痛孤单
为什么我依恋此生
为什么我恨过

一念间
我所爱者
生自无缘无故

玉如意

去路边小店
看一看玉如意

玉如意比命重
店主每天拴在脖子上
每夜戴着它睡觉

羊脂玉蓝田玉和田玉
缅甸玉印度玉,被芳芳的手工
做成眼花缭乱的玉如意

眼福。财气。养体。
交好运……后来
玉如意被树脂和玻璃代替
吉光眩目,晕

店主欠我的。还我什么样的玉如意

我都不如意我就要她——
在小店里做玉如意的女工芳芳
她是成精了的玉如意
做不了假

虚拟爱人

指尖有梦,躲过太阳雨
一勺卡布基诺的泡沫散去,听音乐
要听碧昂丝,她是好姑娘
唱歌满是混血味道,拔几根她的头发做琴弦
让脚尖的芭蕾跳上这边的海岸
说真的,我看中的身材像棕树,叶子像流苏

触屏里躺着数字、画面和声音
一本淑女杂志失去封面,不失优美气度

居委会大婶发微信给电视娱乐节目时
我在京都附近的榻榻米上睡觉
坐在客厅沙发中等我宵夜的女子叫色拉
会浪漫、会性感,会做拿手小菜
可是她不会喜欢我心仪的皇家马德里队

会在雨季的星期天折磨我

身体从来没干爽过,有时允许我慵懒

缺少一点忧郁、伤感和酒精香
就不是我随口能说出的爱人
揭去一面薄如水的镜子,落到面前
比快乐还多出一分,比心脏的善良还多出
一寸,管她叫爱人,叫一块钱的鹅肝
由几家美女善女勾兑而成

描眉抹红,多好,素面唐装朝我,多好
我不带钱包去她那里长居,从一年级重新上学

时光之爱

我的爱,是伤
在你的绞痛中辗转不眠
何须问个中委曲
那才是不讲理的爱
我和你的命,同拧成绳

你的爱,是福
在我的折腾中死去活来
激情、信赖、牺牲、执迷
那才是本能的爱
你我的苦乐、安危合流成川

疑虑、愧疚,有时绝望
而心与肺丝丝释放血色之暖
患难互生,自带意义
何须去叩问忙碌的时光之门
守住,唯一活命的爱

想不到，忽然天地崩塌
你我变成零，爱，悬游在悲哀中
时光不露半点表情
往前走它的电流步子

……爱，粘住两个毫秒
孕化又一个你和我
又茌苒而生，登上半知半解的渡船

是好奇心，是信仰
一次次无中生有，生出万千
那才是万劫不灭的爱

最爱、最伤、最福
融成一滴血
在时光的宫腔里超过九条命

原　地

楚汉交界的一块泥砖
压住原地，把远方收在地平线内

早晨，钢塔上落着白鸟
柔弱得像湖畔一户地主家的幺女
在我的旧宅对岸

傍晚，飘拂一根绸带
闪着亡妻的遗容
她的戴花之墓就在附近

她不重、不狠、不老
在厅堂和厨房都爱穿真丝衣裳
春夏秋冬里我的一切远行
抵不上她三两句叮嘱

我继续远行，在她

默许的一半银河系的原地范围

爱情史

那是蝉翼之飞。轻雷微雨中
夏夜的约会,胸臀之围,青春之围
发育完整的校花瓷白如枕……
梦中发酵,忘我于冲动,止于一言不合

翻身而起,锁定所爱风格
唯体态高挑,唯心地、神情和美
不止于街巷里弄的门当户对
机缘做主,感情第一

恋来恋去,曲折深入者
不管大小、多少,都可能是爱情
生活为上,蘸食尘埃、草汁
伴着她把发际染上银辉

可能撞胸而来,蹭肩而过

一天看见三次，或平生遇到一次
风、华、血、死……凡爱者
受那良心派遣，曲折腰身必定产生

一直爱

永远。白肤蓝毛的电闪
如隔纱之吻进入空荡荡的忆想
我的虫子,如小马,如乖,如清水流徙
将化石的脸刻为印痕
一电一闪!缓和的媚景,现形……

半辈子,有周末之欢,有连连眨眼
秋风乍起,有网孔之衣的表露
站上去,坐上去,躺上去
凹凸的原野之径,通往居穴和尖峰
一直爱,保持浅寐、云飘

漂流瓶

离海不远的大河边
捡到一只漂流瓶
是木制的,有些碳化
也许它漂过了全世界的水

拿在手里,重重的
封口,刻着古旧的字符

……装着情债
早已经错失良宵
……装着真相
不必与古人古事纠缠
……装着终极预言
还是鸡和蛋的先后结论?

把它贴在耳边,嗡嗡作响
"为世界留一瓶秘密

给自己留一些敬畏"

扔进大河,沉底……
它累,不想漂回海里
心神不宁、无限无期地漂

听雨雾

绿伞在雨雾中浮行
枫杨树的头发里飞出咕咕咕的鸟声
听起来像是一只斑鸠
那把伞,歪了一下不见了
一会儿又出现,拐进似有若无的巷口

成对的黄灯低鸣着,哈着热气
来回穿梭,街,微微战栗
有一盏大得多的圆灯
隐升在两棵枫杨树的冠梢之间
马路上,水迹幽闪,在动

对楼的百叶窗帘打开宽缝
一会儿,哗哗哗全部拉了上去
现出一双聚光的小灯
为消散雨雾增加了两种可能

那把绿伞没有再出现
雨雾，毛玻璃，化成半透明
斑鸠飞过楼顶时，听起来是两只
……对楼现出她湿湿的脸
然后沙沙沙现出我和全城的身体

因为你

巧合如此。因为你,我定在五十岁
不年轻不老,早晚吐纳事物
具有爱的能力

近些天有人在玩滑翔机
近些天我躺在院子里乘凉,看夜空

夜空,与我一臂之遥
我懒得摘取一颗葡萄似的星辰
它们活得自然、快活……落下来一颗
我也不会去搭理或捡起

现实如此。花叶呢喃,蔬果鲜亮
过自己的日子,有高个子女人做厨娘

风是野的,不归社区和机构管辖
绕开班上街上的红脸白脸,泊在双休日

在我郁闷时,有你拂绕周身

我奉献过了。懒得接触场面上的戏子
由他们伪善低能去,阻碍时光去
我只与你这种善类结缘

自觉如此。一个人抵抗或回避
一个小农、小市民混合成的三线半城市
潮妆潮语下的愚腐群魂,咋办呢
抗不住了就回到金陵过几天

给身体做公民,去亚非欧美澳旅行
因为你,总得回来,一起和90后泡影院
嗑着瓜子连看两场,上网再看一场

我过了爱王母娘娘的年龄
爱的能力健在,因为你,转身自爱
日子平淡,是我的也是你的
归根结底是我们的。清爽如此

深夜的情书

深夜丢掉四肢,躯干留给
她的单纯,避让飓风
深夜丢掉头颅,躯干留给
她的柔软,遮挡巨浪
深夜丢掉内脏
躯干留给她,让她戏耍,让她踢

躯干是最终的无用的芳香
留给她做保护层
它比丢掉的一切都珍贵

不用多想
飓风刮来担心干什么
不用害怕
巨浪打来跑开干什么
她的俗世中裹着绝美的本质
容得下伤害与意外

躯干和她

是整个深夜和一星花蕊的关系

留给神明去转化

躯干,幻想之母

躯干,自爱之本

行动了!躯干招来情感的飓风

质变一切,那丢掉的内脏

被冷凝成灵魂,回填给渊淳的深夜

这时,我才是彻底的巨浪

打去她表面的妖冶

这时,我三次向她示爱

燃爆灵魂的雷电,炸毁人为的险难

科技的危情,恶性的智能

震荡深夜的沉重、焦虑和悖论

这时,她里外打开

让我直入她的绝美本质

月亮快圆了

月亮快圆了
运河边，长江南，分秒同步
嫦娥站在窗台凝望已久

吊钟里的寺庙，抽着欲念之签
兜售烟火中的每一天
读圣经者如容器，赞美滴水之恩
爱抚月色里倦乏的归人

月亮快圆了
我可是期待中的福音
一时垂钓，散步，一时吹一曲
天空之城的口琴

女儿从京城寄来一盒仲秋
装着喜气洋溢的月饼
我懂的，是人人的月亮快圆了

月亮快圆了
听着我的布鲁斯口琴曲
嫦娥飞上去，像女儿久逝的妈
在良善的莹光中走秀

掰开中秋之夜

抹去银粉

露出扁圆的中秋之夜

掰开来,里面有玉兔一只,水墨一帧

一间嫦娥的闺房

里面有一方茶食匣:白糖、菜油、猪油

鸡蛋、玫瑰精、小麦粉、核桃仁

花生米、松籽、芝麻、冬瓜蜜饯

合成一个魂灵

在甜蜜芬芳的至深处

埋着不尽人意

宛如此际的故乡

盛大荣华。月季花瓣上的虫斑

里面有代谢的甬道

通向一线的眼神之光

我给所有爱好明月的溪流陪笑
流淌寡欲的晴朗之象
里面不会有媚雅的张若虚、苏轼

此时此刻,足够欢乐
掰开中秋之夜的丢失刻度的钟表
家人至亲分散在天上地下
五谷六畜般的兴旺

致信月亮

瓷白的天窗里爬出一只虾蛄
映在眼底,有如山壑
教一个爱写字的君子跌进薮泽

寄过的信被转发成癌
唯美的病灶,没有以文字出现
隐情于众生的每个细胞
诱因是,三百六十五天她裸体一回

唯风雅君子牺牲于对天仰望
没能对上一句话
她,是看了、闻了有瘾的慢性毒气
唯心的,挥之不绝的云絮

乃至虚幻的一秒
邮差的一石、一鸟,坠落在天外
不着急的她变成黄脸婆婆?

一只虾蛄收拢腿脚，圆起身子
有如丝织的团扇，衬着她
这一次的地址——那里全都是山壑
那君子魂随信去，跌进薮泽

这回与每回一样
月亮，升起了满是感伤的好
从不回话的够不着的好
一年中的一夜优待孤魂野鬼不惜裸体的好

格桑花

几分秋阳——半暖的光
透过河堤的近景,来到我眼前
碎花裙衫摇曳像小脸的村女们开心聚集

蜜蜂在这个那个花蕊里扑腾
吸取不声不响的私情
我也想做一下。一个五十周岁的季节大使
驻守在秋末的一处风口

与必须来到的冬色及其关系交往
又与秒针的尖叶、时针的颈干,红白黄花瓣
共度无意义的宁静。格桑花
满野满地里招惹蜜蜂的无愁村女

古黄河的流波,是光照中的碎骨
替时代、时辰和即刻做证:
眼美,所见格桑花动于心肝的一瞬之美

掩饰不住枯萎凋零中的些许败落

眼美，一瞬之美
险于远处高原雪山的凌厉
安于我和另外两个我之间的衡态
告诉你格桑花，那两个我
是一只蜜蜂的激越与一缕秋阳的清逸

亲爱的，想象，象征

亲爱的浪和漫
在重叠多年的早早晚晚
我对你而存在
不是烟，不等于现实
不可能用手铐那么重的金银
增持幸福感

亲爱的现实
有一种神或一种仙飞进你
带你飞，奔向美幻
……有一孔水流包住我
在三更的星光中向深向下涌荡
头尾向背、重叠……

片刻的我
雾化成一生云烟
缠绕你从低到高，从生到再生

念你气你，恨你吃你的毒
外加一所保险的医院

一切的一切
因你的那一具容貌那一种品质
外加无数的缺陷所致
我对你而存在
不止爱，不止是依赖
外加你从不直说的爱与爱的媾合
片刻的激扬

亲爱的想象，亲爱的象征
拉黑浪和漫的宫灯删除现实的文档
我对你而存在无需回报
只是本能，喷出智能的精血
飞出鲲、星系和家舍
……无数个我和你

倒时光

时光倒着走
丑陋的人变美貌
美貌的人变丑陋
看着什么都不奇怪

颠倒中活着
不追究天翻和地覆
住在良知银行的穷鬼——
我，做亿万个失真的孩子的监护人

用一躯伤体
给出伞，给出光

旗　袍

灯笼忽明忽暗的。她闪出门户
不露齿，弄堂里，扭腰摆臀
嗒嗒嗒磨擦市井耳目

两侧开衩，收容南京
上海、重庆、广州、武汉
北平以及哈尔滨的昼景夜色
然后开衩到小城小镇

黄鱼车、汽车、飞机跨出白腿
裹着绢，裹着绸，裹着缎
从下往上开衩，像剪子张开
剪断民国的魂

那都是过去。她的魅力
在自己看来是身体、容颜
在别人看来是面料、花色、脂粉

按一把剪子的愿望
她两侧的衩可以开到腰眼

荧屏忽暗忽明的。她闪进网络
开合着：款缝
这缝，增添当代汉语的张力
无意夹断羡美的根

生 日

爱
又爱
还爱
继续爱

父亲母亲和我
在一起
互相夹菜

当他们住进云间
与我天地两隔
生日里常常彼此寄泪

我已经五十出头
在往云间走
又在朝后面和下面注视

山底下房屋底下
儿女们已经在教孩子爱了
牺牲，呵斥，抚慰
星光在云间和路基下穿逝

天冷啊
还爱
继续爱
交接爱的能力

贫穷的爱

一张纸来了,慢慢出现心脏
在一张纸上谈恋爱。一张纸的反面来了
慢慢出现情感,在一张纸的反面生活一辈子
三叶草来了,绿化、肥土、做牧草蔬菜
蜂蝶、蟋蟀喜欢它来得容易的茂盛
或一季生死,或蜕变重来
如果把这叫作贫穷我愿意承受

一片榆树林来到河边
画眉鸟、啄木鸟、黄鹂都到林中唱歌
远远没有学校市场游乐园搅扰
鱼跃、鸟飞、野稻自长,天性全都乐观
落叶也是天性,无意于枝条挽留
蚂蚁在巢穴周围搬运秋光
如果把这叫作贫穷我愿意参与

在睡眠中取出原生的梦

在飞走中注入风力、北斗星、米酒
在无条件的爱中取出爱人给予她信心、归宿
少解释，多付出，无偿还
爱就爱她不讲理只讲爱的剥离附加值的爱
累是累些，落得体健气爽
如果把这叫作贫穷我愿意持有

一泓流水来了，慢慢出现身体
沐浴，也可以受洗，把一张纸的两面浸透
罩住落日，用榆木拐杖
挑起她晚年的灯笼，我先葬身其中

为海子的母亲读诗

深秋了草木一枯再枯
枯到这个村庄仅仅留下泥土
仅仅是泥土在守护着一条精瘦的河
辽阔云天,轻缓流动
不会去惊扰麦地下的生灵

丘陵和蔼,微起微伏
接过不同的落叶……海子的手
在缓冲的情绪中拍打着过去的肩背
揽回漫游的云霓、海绵
垫进一位母亲的虚弱和旷寂

空中的荒凉没有本质的改变
海子的麦地换季成稻田
弯腰拔草的双手一季季乏力
清明节为儿子送餐的身影一年年单薄
泥墙小屋的沙砾,凝成一串念珠

捻在望月数星的追忆中

在风推深秋的每一年
请微笑,失去海子的母亲
你儿子的茔冢自有诗神咏唱相伴
你的泥屋被青春涂满花纹
请快乐,失去海子的村庄
你的土壤驻留了无数村外的心脏

蓝布伞下的上海

——电影配音艺术家丁建华的诗意

湿漉漉的马路上
游移着湿漉漉的时光
一个可爱的人,打着蓝布伞
脸上闪着心里的底片
走在东方的蔚蓝的神态中

蓝布伞,是一片单独的天
一顶蕴涵着浪涛的帽子
激情、内在,有着不可替代的内容

生活、爱的简历、未来……
小到一顿晚餐,一杯温热的清茶
大到上海滩的三朝往事
以及一场天气预报之外的大雨
都在蓝布伞的预期中
遮风、挡雨,安详地存在
握着弯弯的手把,张开蓬勃的远景

从弄堂里哒哒哒走出一身旗袍

走着念念有词的幽灵

变幻成蓝布伞下的姑娘、母亲、外婆……

看啦,蓝布伞下的上海

风和水幻变成了无限的诗意

而你,总是做诗的标题

一个春天

一把蓝布伞的雨中送行

一把蓝布伞的赠予

让我接过一座诗意的电影院

释放出闪电的蒙太奇

一把蓝布伞陪我走南跑北

漂洋过海——看啦,它撑开后的面积

比生活小一些,比人情大许多

撑开蓝布伞

外面的鸽子、云彩、音乐

都飞到伞里来。你仿佛站在伞顶上

为我召唤来亲切的事物

蔚蓝、蔚蓝，多么蔚蓝的现实

在朴实无华的日子里
这把蓝布伞，比晴天的颜色深一些
比雨天的气温暖一些
比一个人加上另一个人宽一些
比身边的东海和太平洋
含蓄、细腻一些

打着你的蓝布伞
就撑开了上海的大脑空间
呈现出 1970 年代到 2010 年代的电影长廊
你坐在外滩的椅子上
低声朗读着某一本书中的海燕和风暴
某一座桥梁的欧罗巴传说
在我的一首诗的象征中你站起身
理一理发际间的星光
漫步、回家

看啦，一把东方神态的蓝布伞下
走出几代人念念有词的梦
念念有词的青春幽灵

桃花潭

七八个桃花潭叠进旅程
峦景水汽之美
盘绕在白瓷青瓷的碗碟里

我生在皖南古城
属于鱼和米
绝无李太白汪伦那样的豪友
我弄乎得出鱼刺之微痛米酒之微醺
发乎不出体外幽情

亚热带季风气候的热、雨、风、布谷鸟
属于我身子的成分
白墙青瓦马头墙,砖缝里的毛草蛐蛐
圈养过我的童年

盛开黄花的油菜地里走着
穿戴桃红的村姑,必须是深一些的桃红

被我邂逅或者定制

她呀,必须是深千尺的徽女
伴我行的丝质妹妹
我有这么个手边的桃花潭足矣

云山雾罩泉涌歌
日光明照下,裸浴秀色中……
岂管神仙羡慕嫉妒恨

小　引

时光像草稿一样
盖住身体

人那么单薄
经受不起任何假设：
苦难，委屈……

经受不起
修改。一改就穿帮

我还保持原样
做些隐忍
搀着生活和她和她和自己

手工者

对大脑说：我退出
对连着它的血管和循环体系说：
我有另外的生计

我是语言技工
用词语造物、造势、造五体五官
造本人的三十八种模样儿

不尊重语言的大脑，只玩计谋的大脑
不好好使用汉字的大脑、血管和循环系统
我退出你们

至于外在的他们
口音里都还没有长出语言意识
都在把词语当奴隶使唤
我不愿和他们说话

退出一公里
便切近工于辞令的故土一毫米
从自发到自悟,从自省到自觉
我困惑、纠结、敬畏

从自由、自律到自在我退出三十八公里
远离文字的噪音
刻制并迎娶汉语的第一夫人
切入、爱戴、服从她芒果的心……

天性在……

知道吗
借风扬起的沙子诉说峡谷成因
一滴泪落地渗向水源
牛崽刚挤出母腹就撑起带血的腿行走

虫穴里的脉象微弱
历史的嘴巴含住每一只乳头

明白吗
分秒间一只座头鲸从我身边哗地耸出水面
接着山峰倒塌激起了冲天巨浪
砸断我的几根鱼尾纹

瞬息，联系，抓牢
实证我对生活的几多天性

酒写意

白酒变得太绿
红酒变得太紫
黄酒变得太蓝
啤酒变得太黑

少年绿了追逐阳光
青年紫了爱摘花
中年蓝了扯出胸中云絮
我喝啤酒汹涌成河变得太我

眼角飘绕火星
酒的左右伴随女卫兵

我不愿意太我了
戒含糊的心
免得被着火的虫子追咬

酒无形

我有魂飞魄散

大雨是礼遇

下着半天的大雨
下着半天又半夜的大雨

从大雨中捞起膝下的金子
脚下踩着根须
滑滑的,那是金子的出路

漂上来的都是已知物
恣肆水流下
暗暗转移情衷

丢掉金子
从大雨中捞起几根发丝
编成妻子

雨水……退向隐秘
复原的地上少了多了什么

都不是来日所需

天亮时
我挽着她找回云淡处

柔软的事业

黄晶晶的——
芝麻粒那么点儿的卵壳
爬出无数个一毫米
给它们铺好桑叶的床垫

从一毫米那么点儿的灰黑
不睡觉,只嚼梦
长到手指这么大的粉白
吐丝结茧成了家人

从茧子抽丝
织出绸来体恤一个地域
为她塑形,注入汗血的意象
以珍珠的词性洗练风格
这是个柔软的事业我一直都在做
谦逊、温情、不负所爱

芝麻粒那么点儿的初衷
蚕食了太多的年
抽出丝来,织成水波纹的灯笼
挂在桑树上做引子,还愿……
照应窈窕的养蚕人

芝麻粒那么点儿的心
抽出丝来感化小面积的故乡
这是个柔软的事业,我做一辈子

草蛉公主

清瘦、轻盈、有功夫
展开的裙羽大于体形十倍

微型的飘飘欲仙的绿孔雀
飞遍了草泽与树林
与绿叶顺色,隐身在智慧中
庇护着植物生活

饮一滴蜜露
在凉亭中歇一会儿
飞进果林、麦田、玉米丛
猎捕危害生态的毒卵

看起来,青涩、文弱
狠起来嚼碎成千上万的蚜虫
飞起来飘飘欲仙
在湿光中显现成美鬼之最

情感论

去哪里建个琴台?
水长流,不为岸上观闻。

近海浪打曙色,潮流喧腾。
远崖隔音,声乐委婉,
谷底溪流脆亮。

实在是有所寄托,
实在不是为谁欲近故远,
她也不是欲行故止。

十指停时,琴身未得安处,
悔意荡在彼此深渊。

拟琥珀

爬上海岸
进入挪威的森林
住进无敌无危的眼窝

裹着萤火
刻着世事的笔画
夜里泄着光

两滴波罗的海的水珠
含了长生的秘密
冷冻的血清

细节艰难
变成无土的玻璃体
有时通体透明
有时内里朦胧

我有两个女人
一个爱惜花容的透明琥珀
一个爱惜年华的朦胧琥珀的蜜蜡
我有两颗不善辞令的舍利子

祝祷词

发愿：
大风吹去浮命

拿十节指纹
能不能打开你——
造成一次小型的海啸

……你是谁
我只能在深夜过来
拿一滴精辟的血唤醒你
阻断你被打了致幻剂的梦游

拿最贴近的晨星
祝祷：愿我的世界滔滔昏睡
换取你活得不苟不且

多少回

怎堪有情无合孤夜对两昼
黄花凉伴廊桥
怀里的布偶柔顺得不胜耐力

多少回
早起早飞总做落单雁
绝尘远隐的对象留下钥匙锈粉

破解芯片的薄纸门
怎堪有合无情开岔隔两人

致

刺玫瑰是护美的
紫罗兰含住雪青色的汁
致,内涵是云天……远无人迹
而我又爱听隔壁的雅歌

别认为是致你
我指的是被当作唯一的上帝的你
而非对面的谁遥远的谁
必要的时候,我也会借鹿致马

光、光的、光光的
在另一面,在表象的里面
搏动着梳妆的容颜
那可能是我倾心的对象

从不致你
即使你是假的、真的上帝

致——
我的冷静能包得住的轻身佳丽

墙根的野草
挺直腰来听动静
大、中、小、虚、实……
直到昨天晚上它才懈下腰来
不信所有的致

谁理解
谁给了我一生的致不尽的恩典
那我就致谁

为老父搬家

几天来阴霾
地下的小木屋潮烂了
散落着你灰白的碎块粉末
小心捏起来……捧进新的住所

墓地迁移
不是去华美的天堂
是去密集排布的灵魂小区
远离闹市而背丘临水

——忽然心颤
受到一种暗示的闪击：
把你，分出一部分拌上泥土
撒进安详的古运河

一旦天崩地塌
我找不到你的门

也能够从时间的环流中
见上你

人间一点动静都被天地所知
搬家的事儿得顺应风水
我夜间半醒,等着你托梦
说说你在新居里住得称不称心

我牵命于阴阳两界
那里的日子不敢怠慢你

感应篇

我的关节里住着美色
往里头住着温热的超声波
再往里头住着文化与道德的鬼魅

时势所追捧的价值
都不足以让我站着或倒下

我有数
关节里头的超声波穿透一切
对准我命运的
谄媚、风暴从没止息
把自我和原我的间距拉大

时到新春
我还住在关节的最里头受着
灵感煎熬，我向外凿通鬼魅的屏保

好了,伸直关节
由内向外,借助超声波
牵着她来到旷野

她有数
像我的哲学伴侣乐开了花
与我生活在不分层节的敞开中

留 白

省略一袭裙钗
眼光里,有龙凤呈祥
思有所系——
在隐蔽着彗星的无限处

强者扩大边界
写实处,威武着自己
智者守成于寸土
蛛丝牵连着万一的猜想

一处空白
是真心
历代豪杰不敢落笔

妒先贤

宽袖藏拙的汉服,受之周秦
穿上中原汉中的身体,扣好缀玉的腰襻
儒风弥散,及至燕赵西域岭南
书卷划拉熏染江海

由唐至清,江浙通灵
上万的进士上百的状元魂落祖祠
我与一位嘉靖状元有缘
娶过他后人中的贤惠女子做媳妇
受之一段生死恩德

嚼味先贤
可祭酒,能侍郎,受尚书
身着长衫的形骸
受之三分斯文
五分操守
两分皮里春秋的外谑内忧

情急下图穷匕见

……难啦,可妒不可学
娶过他后人中的贤惠女子做媳妇
她管柴米,我写书

又一次为阿忆祝福

曾经带你走过扬子江南北
游过京杭运河的头尾
踏过青岛的海浪
登过沪上的东方明珠塔
钻过千岛湖的森林
还吃过鲁迅爷爷故乡的茴香豆

却总是担忧
你怎么长大什么时候长大
天开眼了——
你像一只河鹭像一只江鸥
像一只海燕飞离地面接着飞离我
飞到北京筑巢

我算不上老,无需你搀扶
可你已经不小必须
做成熟的河鹭、江鸥或者海燕

敬畏光阴，度量生活

日子里有河有江有海
有新鲜的云彩、鱼、猫咪和玫瑰刺
别听信天气预报的误导
少喝心灵鸡汤
把握翅膀的感觉和飞行能力

祝福你女儿，自立于时光
你长眠地下的母亲也在叮嘱
珍惜你心血的温度、来源和流向
常常与爱的笑容为伴
我们时时为你祝福，无论地下还是地上

典 礼

一些空气涌进耳孔
触动鼓膜
穿汉服的小姐在那里弹琴
……其实，没有

空气的分子
带着动车、飞机和配偶的体征
流进瞳孔
抓不着这些瞬息万变

看着，听着
从电影院后门迟到而来的情节
系着一位自然人的生物链
……其实，没有

那些个电子邮差来回穿梭
为典礼传递声波、词语和音乐

听着,看着,淘汰老实的农业朝代
棒棒糖……其实没有

在婚典的门口扫脸
有脸有礼请进,有脸无礼别来
识别仪的镜头在暗笑
"认脸不如投币,谁还在乎脸
……其实没有"

我又爱了

爱你们所不爱
你们,是所有的人
还有踏过草地的脚和霪雨霏霏

你们所不爱的
在你们被填满好事的心思之外

我又爱了
从蜇我左脸的一根月光开始
从蜇我右脸的一根阳光开始

从蜇我荣誉的箭头开始
到地震之尾

爱你们所不爱
我先让自己的牙齿爱上嘴唇
我又爱了

感春句

春在抽泣
春泪眼汪汪
春果然哇哇大哭
樱桃树、葡萄藤忙着在雨润中
长叶吐蕾

春，这个小女生
生在好时代
没有一点不开心的事情

她早晚翻新容姿
就是撒娇，就是弄趣
施展全身的气候、真性、才华
必须在鲜花水果上市之前
得到最多的怜爱

晨晖弹到键盘上

柔韧、灵敏的晨晖
透进了纱窗
倾洒向一盆荇菜
窈窕的聚拢的根茎吸足光
扶托着睡莲似的叶片

经过纱窗筛选
被荇菜吮吸过的晨晖
多用一些灵气弹到键盘上
在电脑的日记中现出两行叠字
善善,善善,善善
爱爱,爱爱,爱爱

晨晖弹到键盘上
跃出被词根护养的故园故人
植物的数字化的清香

身处东方,蒙受经典扶托

手指巧得过仓颉

瑞气、情意透得过巴别塔

下　辑

在母语中生活

深刻的地方

一块田里,种着爷爷和奶奶
一条路下,铺着父亲和姑姑
一个墓园中,妻子的体温还没散尽
这是从我没有出生时
从我儿时少时开始的牺牲

这些都发生在一个地方
我生在外城,打这里栽下童年
是苦是福,我都用时间的肩膀扛着
现在我摸着鬓角的一点白霜
想到了母亲远在外省逐渐老去
身边的女儿就要长大

埋葬着这么多家人的地方
在我的体内怎能不深刻

你还要我什么

除了母亲和女儿
我都给你，只要你让我叫你家乡

你还要我什么
我的命……也给你
只要你允许我称呼你
家乡

物　种

脚踩流云的生育女神
行使受种之令
借宿于茅草的哑子
行欢使乐

当代，怎么了
一起出演肥皂剧
从来不做一件现实的事
你们都被化装，还以为是现实

还是一句老话
真生善，假生恶
优良唯有从品质中产生
不理虚构的远景

哑子讲不出理

把一滴酥油滴入物种

做了功

生育女神手抚土壤行当行之道

拜　年

神龙摇尾，给老祖的天灵磕头
给老母鞠躬，给二爷三爷四爷五爷敬酒
案上的糕点、瓜子、糖果、巧克力
自己吃，胖胖的红包给晚辈

日子小康啦
家家户户看春晚节目通宵亮灯

给瑞雪拜年
给老太阳敬上一支中华烟
给五百年后的矿物能源和生态拜年
神龙昂首，离天一丈五，给遍地草根拜年

每人做一回大爷
给各自的小算盘拜年

叙述……

叙述一个离奇古怪的古代故事的结尾
叙述一个离奇古怪的故事的结尾
叙述一个故事的结尾
叙述一个结尾
叙述……

叙述……
叙述一个结尾
叙述一个故事的结尾
叙述一个离奇古怪的故事的结尾
叙述一个离奇古怪的古代故事的结尾

哪会这么简单
叙述本身是一张能说会道的巧嘴
一面锣、一壶水、一袋烟
结尾藏着多头的线团
纠缠某一台时钟的老肚肠

胸　怀

写下词组和短句：
僻径之幽，大堂之巍
翅膀刮伤之时
本能地低飞、迫降

山体崩裂，小屋蹿火
朋类、兽类，各各自救
酒歌无词啊把陆、海、天沟通
见不到滴泪穿石
唯见霜露染心

用手语和天灾人祸交涉
不过是撕痛、摧毁，不过是弹指
烟飞。寻求一方解药
不过半生，照常应对温柔之乡

苍天下住着纳米小民
豆粒里走着贤能的宰相

锦　囊

由此得到鸽子飞来飞去的诉愿
由此得到马掌跑脱的隐情

黑绸面，扎紧口，胶泥封缄
放进生路、故国和夫人
不必对外言说

这边秋风打落叶，随地盖闲章
那边捶胸、顿足、悔断肠
莫慌，莫忙，莫冷漠

妥待家事乡约
思路中跳出一则妙计

是草,是金

火焰的草
衣裳的草
长脚的鱼有前途

水泽中的金器
光吃鱼,不长个

镶金牙的老爷
躺在草根下吃泥巴
长精神

我是草的爸爸
光喝水,不吃粮
长家园

拔草做茅庐
养一堆闺女和精壮汉

拥着炊烟
见风长

草成灰
灰与水合成金
金与记性……调和成望族

洗

水越洗越沉
东西越洗越干净

九支舰队也占领不了
洗过历史的水
伤痛和力溶解在茫茫人海

马腿的远方

为目力所及攀爬
满目花径,一笔金色
满目是高处和远处的事体

我在干草堆里做人,养马
拿陨石做食槽当枕头
不理会皮笑肉不笑的礼尚往来

替一根干草担忧
她的腰太细,胸太小
恐怕承担不起马腿的里程

满目空远,放马之旅
独行,平行,下行
甚而就是退行也不让马儿
跪腿爬行

怜有种的马,惜膝下有金
珍视一根干草几堆干草的有和富有
满目空远又何须攀爬
走就是站着,走过就是达到

向里面飞

从各个地方来的他们和它们
向我飞
我的肢体向我飞

向里面飞
里面，最里面
独一的聚光灯：
生命、自由、美好和爱

飞进我的细胞核
……核里的芯片
飞得极慢，飞得无边
里头有一座大坟
向死与活发散着骨骼的光

从不同的自己到唯一的自己

向里面飞

我在向自己飞

论　语

银杏树落单
你说什么
水草缠住鱼
他回答

读书不如拐弯
绕到坟茔后面：
一分钟内
发生多少事故情变

写一位明代状元

腰间系一块铜镜,热光照肝
你快不快乐,冷光照胆,你健不健朗
乡土的运河从此地流向北方

大魁天下,裹一身锦绣袍服
谢绝权贵家的美女做填房。修典说书
低眉劝谏,伺候老皇上、新皇上、小皇上

案头放一只青瓷墨碗,清水照脸
你沧不沧桑,墨色照眼,你困不困倦
京城的书信从宫侧寄向南方

父亲老去,自己也老。追船奔丧的神情
多么忧伤。玄衣,白孝
直把眼珠熬得发红。去遥远的宝光寺礼佛
直把冷硬的石头踩得发烫

神情多么忧伤，追回去，追进泥土
为老父说说皇宫的庄严排场
死了，还像活着，赐封你礼部尚书
俸饷全是泥土，诗文全是纸钱

翻翻《永乐大典》副本，检查你的态度
估量你的智商，三朝皇帝了解你的笔头功夫吗
我是欣赏你的乡党，借一块铜镜
一只墨碗的光色揣摩你，隐约人鬼情

隐　者

空寂的山峰
空寂的海浪
隐者走出山峰和海浪

住进平原。被一丛棘灌刺探
他吐一块山峰
平原不理会那么高

河底的淤泥，陷住脚
他吐一口海潮
平原不理会那么深

没呛过海的，相信什么
没跌过山的，相信什么
平原活在近代圣人的尸骸里

隐者置身平原的洼处

血型、个性隐没于滴水粒沙
不言山峰，不说海浪
拿出半世的牺牲来校勘生活词典
验证空寂之实

记碧螺春

螺旋条,雾毛毛
沸水冲泡,展翻吐舌,片姿嫩绿
夜的床伴有一把扁嘴壶

盛进去八个男人
除过陆羽、桃花庵主还有我
都熬不过天亮

茶经在手
拜过碧螺春的苏州
原籍的瓷枕葬在阴凉中
我也恍惚拜过
吻合我先祖的后脑勺

多长多累的夜

被茶兴奋过

被床溶解、寡味过

老了我搬到碧螺春的云盘里过

悲伤词

风停草静,众心冰凉
无巢的鹰旋转
为三种打扮的假神损尽阴阳

亲眷和兽同样无望
踦跂的步子走不过百岁
一丛竹子和枸杞
在石磬的风化中命丧

缝隙、洞窟的迷暗
闭塞生命维度
一滴清水没入白云
把孤雷激响

踮起脚尖,喘长长的气
等不来暖色
钟楼之尖把群鸟刺伤

远处传来书简

哪有手敢去拆封

你啊，你们啊义勇全无

挤不进无神的天堂

揉按百会穴

缓释心与心的紧张

一片羽毛为它丢失的身体

闪着夕光

天堂无神

天堂无人

天与心互痛在地上

盟誓在草根上

玉

躺在土下几米
与地气和精气同眠
它假寐,掐算被挖出的周期

把质地
露在领口
现出年份和出身

坐在手腕上
坐到一个朝代撤退
换一种心情坐上别的脖子

用绿黄两色
吐东亚的翡翠方言

十二生肖活得邈远
玉仗人势

活出一层油亮的包浆

玉帝的权杖弯曲
把蛇影投入民女的玉如意

身怀玉质的人多厄难
前夜舍命保节
为玉保全，碎为西天的星光

山岗夷为街坊
瞳孔中水纹轻漾
玉爱瓦屋里的日常生活

在孔庙和寺院
儒佛二尊玉体不动
门旁的银杏夫妻落叶又落果

物外显灵，玉中生悔
黄昏时河东已无船渡向河西

文 庙

来这里走一走
花、鸟、狗猫鼠、钱币古玩
有生命啊,有年代啊
圆的长的瞳仁都在眨巴着

蜘蛛系着白丝
从木梁跳下来,蹦极
在人头上荡来悠去

日杂、衣鞋帽……秀商标
算命的、耍猴的、掏耳朵的
手艺翻转,鱼尾纹张缩

几个旧书摊少言寡语
被卖中药的、做糖人儿的围住
穿长衫、戴礼帽的幻觉
在人缝中攸然而现

两个三个少妇带着男孩
走进坐北朝南的高台上的文庙
心愿的烟香泄出门槛

后面的河水涨到石岸的下巴
放生的乌鱼、鲫鱼被钓竿拎上来
水珠甩落到行人的脸庞

雀子唧唧喳喳盖不住
吆喝声好啊好啊真好啊
各种马达声从边路夺桥而过

关帝坐在城南的武庙里
享用果品，听不到
管不着这里的零散闲事

淫淫经声传出近旁的黄墙僧院
开春了，是开春了
茶花和茶壶暖暖地开春了

把我包进粽子

芦叶啊糯米啊红枣啊
把我包进粽子
加进一个楚国、三个故乡和矿
放在水塘里煮五十年

让河、江的滋味里
含了绳子的孤独
鱼的苦恼

扎粽子的、钓鱼的
绳子,扣在中原的腰上
绳子,是会稽的辫子
绳子,丢在芜湖
三个故乡生成我的前世
鱼

把我包进粽子

煮熟了溶在黄海、东海
以及我去过的全球十几种大海中
屈原的灵中终会有我
他爱故乡，吃粽子，血染鱼腥

后来
必将把我称为祖国、祖先
我自成水土、词章
肉里富含感情

晋中行

触目即是从前的物象
神态或俨或媚
几百年、一千年隐现不已
每一处屋宇住着案桌、瓷和倒叙方式
主人的热气总在萦回
门当外,龙狮昂然,日头暖怀

老到唐朝以前的槐树
环视村镇、堡垒和每一轮秋冬
田野又演过一场玉米和红高粱的丰收戏
身姿收在幕后,醇香聚在仓房

古街、衙门,几进院落
红灯笼、红皮鼓,伴着红醋坛儿
光色声味渗到城墙外面
红岩山坡,裹着晋水的分子结构
走下来一位若古若今的牧人

掖一块雕花青砖，顺水流寻遍芳草

外乡人
若想寻找先民的史迹
请来到晋中，造访你关心的对象
探索你不明了的奥秘
细风吹拂，从四面拥来古物
一丛灌木挂着红豆果
不知今朝何年的一截木刻在乍寒还暖中
半吐青苞，许是想反季节绽开

天，时刻在接受种种愿景
却从来都是空旷着
地，被收割，被挖掘，被占用
从来都是实心实意
山丘交错，沟壑穿越
云水之意交合于峰峦的虚实

天地和人神
交合在晋中的檐角

运行在照壁上
尚古的耳廓挓动,风铃渐响渐明
晋中,晋中,美不够的晋中

在母语中生活

我从哪里来
问拿得住光年怀表的人
我是谁
问碳和水的祖先
我往哪里去
问泥水中长不尽的粮食
我的灵魂呢
问空在祭坛上的圣杯
我怎样再生
问前仆后继的死

在此之后
出现人群、家庭、故乡、民族和语言
产生感情与芬芳
活着，活着，继续活着
出现一个叫作我的委婉行走的国
在说话的口音中

在不说话的文字中

别拿着戒尺来逼问:故乡、国籍?
那具体的解,在光阴里游移

我活着,活得真,仅仅承认
我的故乡是生活本身
我的国是我口音里的汉语
我本人,是破解边界的终级追问

白　话

在世间，人们操着
不同的方言，弄着手势和表情
交流怎样过上好的生活

野兽在忘川的附近
嗷嗷叫

操着通用语言的少数嘴巴
闭着，不说
身体各个部位也在沉默

活在语言中的人
都自以为大，说来说去

活在语言中的人
数荷马和孔子最大
他们不说

活得下去过得了忘川
活得到死后的人不用自己说话
（野兽在嗷嗷叫）

低温叙事史

运河腹部,幽闪着时序的水纹肌理。

——题记

一

眼下那淋透了
野葛、小麦、红薯白薯的雨水
渗到细细的粉质里……
渗进汉服、牧乘及其菜谱猎经

浸透本历
涤洗了门阶,促膝的藕节

一碗粗瓷盛了汉赋
碎了弱楚
舟楫、码头与粮仓的顾盼中
平衡着一杆木秤。蛐蛐颤弄两根长须

无数次抚拭祠堂的口风
半夜划走楚汉之间的无桨渡船

泗水王室的楠木柱子受潮
落地的江淮口音，流经明清的墙根
发热，多给鼬蜓虫一些情绪
让疏松的记忆爬上窗台
落到长案上——小小的刻字木牌

后来是，或又是
黑白头像，泛着魂影的淡黄

二

屋檐下的脸红
反光在琉璃上变橘红
雨里又变为心脏吸氧的鲜红
阡陌的夜，许多夜，用来浅睡的夜

从病榻起身的斤斤两两之夜
侧立在门当旁，承接每一次鱼白的道福

施罗二大人客居运河畔
脱了布袍,包住水浒的尾声
三国的迷魂阵
少年长了侠情,成年布弄棋局

唐僧现身在志怪的章回中
打坐长安对花果山的猴王吐气授意
约他西行取经,斩妖降魔

星相遥感,地灵,人杰
一根细叶芒草挑着几颗露水

山阳的状元一文丁一武沈
活在私塾的喉舌间
吴承恩闭门思过有所不为
吃茶末、嚼蒲根,代书亡人词

府衙前的大鼓多时不鸣
蝴蝶落在皮面上结茧
街道的青石板幽闪了二十八堂

三

无梅的冥想，无兰的静
又无菊，无竹，笔毫没入微澜的墨
长辫子的刘鹗出门游记中原
躬身在僻野间，挖弄幽古、物理

带回残碎甲骨，片片纪实
记黄水流通淮水，记汉字下探至
百层棺椁之深被根筋缠绕

如闪电初熄的网脉
缚着殷周之后的韩大将项霸王

一方城楼变暗
淋进城门的雨水变混
铁路从西边的外省连接南北两代朝纲
运河上船板漂零，盐、粮弥散

细尾鳝鱼，在水芹丛中悠动
往淤泥下牵去了三品以上的头牛
火车里的民国传来汽笛声
轿子……隐入岸南的次原始树林

回皖南

山风吹到欢时
成了一双长腿跑得勤
一路跑绿了高高低低的岩石
还像爬山虎的触须网络一般蔓延

还像唐人用惯了的剪刀
被磨得葱郁、铮亮
剪开太平湖底下甲骨文的秘诀

晚生的乌龟游进了青弋江
上追它们三十代
都读过天问、汉赋及万家酒

还像异乡人醉倒在竹林
吟哦着黄山、泾县、桃花潭
我是乘风回乡的旧地主
穿行在皖南的一道道竹简缝里

为得到过去现在的包容
捻线补遗,履行一份余生契约

劳动史

一只外地松鼠来到黄山
登上光明峰,爬上一棵松树
它摇着芦花尾巴抖落身世的泥沙
环视着哪里好安身

飞来石告诉它
黄山从汪洋底下隆身出来
受挤压,撞击切割,几千万年
长成三十六峰,看那从头到脚的伤啊

松鼠回想,游了半辈子的汪洋才上岸
途经沙漠时读过上帝的日记……

漆黑的山风涌动云雾,轻吐旭光
它抓住松枝,盯着峰岭间露出的血脸
心知一切的所以然
静穆着……连一个字也没说

它住进一个空洞

先着手把飞来石改成云海里的船

顶针格

美的事物里藏着真
真人历来稀缺
缺风大雨小雷声轻的技巧

巧无一丝俗念
念及深山里的灵气袅绕

绕回内心与老古对话
话语断续间有狼毫偷做记录
录下超乎时宜的包括错别字的美

寓浮生

窗子往前跑
窗外景物往后跑

天上云朵往后跑
海面浪花往后跑
生死定律向我跑

难为我前跑后跑
在一些节点与至亲的故人相遇
沉重如斯夫,向后跑得快向前跑得慢

秋入圆明园

弄一出山水走势
如真如幻。几代清帝牵挂着
那后苑的疆土造型如真
如幻。杨、槐、枫、松
哪一棵哪几枝的知了激奋如故
倾吐过往的桥段

心旌摇曳,细梢缠绕
荫庇着深宫秘笈
石雕、釉陶,碎为黑白图片

天子为天,人子为人
被埋的灵肉合为一块心病
煎、疼、酸——
过火的木头水浸的龙骨
支棱着花拳,溢美如五色之菊

气象高爽,泥下的殿堂
经由树根上传灵性
紫荆城到圆明园经由爱恨情仇:
京华的土被翻过几翻
斜面变锥体,绣腿成本质

晚霞深红,熬着一八六〇年的血
转瞬间析透纸背
洇入从不休止的汉语情绪
疤痕当课文,默祷,不受新伤暗伤
秋风打脸弹出几世夙愿

评斗拱

龙头顶着一角天
交叉错叠的关节顶着天

天的重量
经过交叉错叠的神机
传给脊椎
压给咬着牙关的石础地基

舒展外伸的戈剑
虚晃着，尖头向上挑
飞过来的黄鹂，缩着腿，犹豫着
不忍落上立柱的受力极限

战国的天
被龙头顶着两千三百年
际会风云的天留下一道退路的
斗拱人间

一个长句子

途中的脚燃起火苗我没有
脱掉鞋子查看伤情我跑向水源忘记了
水龙头埋在五千里外的柴达木盆地的老海床底下

静修课

井里积着泥沙
不取不舍
饮一些浑浊何妨
河里析出长命的珍珠
受一息光亮

苦楝树落了果子砸到脚尖
顿一顿,不疑问
恢复走路的步幅节奏

住在幸运的矿床上
风雨调顺不做金钻的主
穷山尽水不戳苦难人的痛处

在内敛的神经元中
做一些压缩心绪的筹码
做微量呼吸

善应外界的人人物物
遂愿兴盛

惊涛，骇浪
半杯水里的蠓虫泅渡海洋

思卢沟桥

永定河到此断流
南边冰封，北边草荒
桥面车辙深凹碾过多少车马
情急中跌碎多少乡关

东头的城墙留着弹痕
另一头的街口还开着山西面馆
隔代的虚火煮得熟裤带面

进出城门、过往大桥的步履轻慢
高速列车从近侧呼啸远离
有形的，无形的
慢与快都不能产生精气神的变量

五百只狮子的队列没有阻止什么
喜怒哀乐的，精刁憨呆的
刻着工匠的私家心机

不管亲疏胖瘦
凡能桥身承重得了的依旧放行

何谓异邦，何谓本族
落在桥头御碑上的喜鹊未作强解
望柱上睡醒的小狮子，秒掠金元明清
定睛于民国以来断续质变的世态

一把牛角梳的沧桑骨骼
梳理从来都是优美的晓月斜阳
日子向好
淡去宛平城的水印及幽怨

容身于此时此地

天知地知都是已知
隐于胫骨中的行走见容于未知
积求生的动能
施人群里稀缺的恩德

容身于此时此地
此时非此朝此地非居处
此时此地是一生的敏感牧区

容身于此时此地
未必久留
容我于此时此地的此时此地留不住我
谢谢明朝以来的大恩大德
给予我暂住权

短暂容身,为自由的时空脱身
人群的唯一,皮鞭的万一
为滋生疆土的信仰放牧优质的酵母菌

三节连至

冬至,圣诞将至,元旦将至
三节连至,晓谕自然与神的在场
细雨犹漫烟,微光且蒙蒙
心存公私,受恩感恩于平常

透出薄薄的饺皮的光
驱寒,暖心
亮自圣诞树的光
玉壶,冰心

眼见为实
室内的灯罩中趴着一只喜蛛
不像南回归线的太阳
兴许是花纹,兴许是幻想

固定成节的这些天
万物呈示其然,保留其所以然

减持着叨扰生活的熵值

冬至、圣诞、元旦
节气的光、神的光和人的光
都从细雨里蒙蒙透亮

补丁课

怎一个破字了得
帽子、领子、肘部
内衣、手套、鞋子、袜子
臀部……打补丁

心,光滑健康
跳动得有温度有力道有虚妄的远方

怎一个奢字了得
扔进垃圾桶的鲜艳、时尚、名牌
不少一根纱一只纽扣……

破字,奢字
从体表转移到体内
心变了,油腻堵塞的心
缺损多病的心
被打满补丁喘不过气

肉体与心看似隔山隔水
其实彼此同根,连接着农业主义
需要做三代以上的文明治疗

从二十岁以下的眼睛
看是看得出来
从四十岁以上的脑门
摸是摸得出来

过　门

过门以后跟幸福过日子
遵从节令起卧作息
京戏昆曲越剧都来一折
过门以后亮开嗓子唱将起来

认识天王老爷不如认识命
认识命不如逢凶化吉
龙凤呈祥了还得眷顾蚂蚱蚊子

几次过门触碰着摁钮
开风雨关雷电
跟自己过日子听众声飙戏
天天都过得了门

脊椎与发条

脊椎里的发条
弯曲,伸缩,一秒秒地挺直
从水里来到地上
长出了一些痛感神经
演化为爱美容的现代生活

东方西方的海浪来回冲刷
老照片褪了墨色
隐现出淡红色的细胞质——
汉语、英文和方言
陈述一个意思:惜时如金

命,由扁平生长触须
智能飘扬,由草茎进化成树木
又把森林集成为一块芯叶
涓涓光波,在化解显微镜里的颗粒
变成 5G 时代的饱和溶液

沦为摆设的报时器
发条脆了，上紧会断的
古城的残墙始终被保护被把玩
从青铜时代到英雄时代
越保护越没影儿

从一粒砂糖到一粒粗盐
过了黑铁时代，神和英雄没了
被转基因转成暖男和娘男
脊椎里的发条松成薯条
全身的电子、量子取代孔子和君子

教堂里个个是平民
寺庙里人人过着好日子
……发条断了，崩碎了情绪
美容，转身，善生育
疏松的脊椎向外太空伸展触须

本体论

踩下来的脚印
被脚脱离,定在那儿
直到……脚失去出行的能力
它们会慢慢消解

为物质生活签过许多次字
一次次得到,都失去
像氢气脱离各种意义中的重量
连芝麻、芥末也不沾染

蝴蝶褪去壳
翻腾着短期的绚丽
被褪掉的壳,粘在外物上摇晃
沉浸于脚印脱离脚的快感

在乎什么阳光、灯光
黑夜……感觉着比白天沉重

脱离了可见物
少了光,本体更轻
可容量更大

广陵碎词

湖里土里牵出长安洛阳身后的城邑
文，武，工
舌尖的俚俗荤，心里的经文深
手头的百般技艺绝

王陵之侧的琼花香成众口小曲
扭捏成邗沟水榭的戏精
两千五百年的骰子在青瓷花碗里，蹦，转
落进刘姓小姐的兰花指缝

温馨的汉语

早晨
两位白鹭飞上青天
长得像一趟父母飞上青天

中午
一位贼躺在气球中
学做白日梦

晚上
三位流星相继坠落在野地
散失了珠串

数不过来的白天夜晚
白鹭叮嘱流星
待在轨道上好好学走路学说话

一群早晨、白鹭

一群晚上、流星和珠串
生活在汉语时光里

提防……
中午的那位贼
改变量词和称呼
弄破气球偷走一克灵犀

像什么

像东周……
仰慕西周的青铜鼎
在绿锈下撒网
逮住几个轰隆隆的汉字文明

像葡萄牙西班牙、荷兰英格兰的百十颗
断牙,遗落进海洋变成通用语言
流进岛屿、部落及大陆

像蒙古帝国、罗马帝国的战骑粉粹
在尘沙烟火里复不了活
像哑巴的手势、炯炯的眼、灿然的笑
正史的后面有蹊跷

像一支柔顺的梅花银簪
串起历朝历代的软和的发冠
像中秋节前的元色

像蓝,像白,像青

像没有被记录下来的亿万粒稻米……

和心疼

于无声处

烛光遇风而熄
回避的眼眶中滋生一团莫名雾
漫流的血闪着电花

江和岸被冰封
抹平裂痕
掩去洞、窟的扩散

像盛世那样烂漫
打旋的,闪忽的,扭了腰的
痛,染遍里里外外

年,经受了天大的危情
鸟群飞过两场雪
历史会惊诧感动的
人人希望,希望,希望着……

家,一直都在

霜打中的狼牙草一节节枯萎
光光的地面铺上落叶
冲向云霄的雀鹰
掉下一根细毛……粘着松针

老透的人躺平了
眼,飘起来
看到家人围着他哭泣
泪水砸在地上
看到云端有白衣童子在召唤

难过了七七四十九天后
家人们欢声笑语地过活

暖雷响过,根茎活跃
狼牙草又爬遍了

升天的意思:
往上看得到先人
往下看到自己的生命力在延续
家,一直都在

留言：生死帖

无论我寿命多长
身体的一部分早已死去
活着的一部分在敬畏死

周，月，季，年
转现着风雨雷电的姿色形态
遗忘中的风信子开了
——凋过了又开
宇宙……黑洞，旋转临近
吓不住那一部分活着的自在芬氲

活着的一部分继续死
不会死尽
有一小部分将移到别处
不会零落为悼念

我的一小部分不会死

爱思考问题
有良知，会劳动
从身体里移到别的命中

无论我寿命长短
身体的一小部分由不得谁来主宰
接住风雨雷电的无尽试探
温柔地，活

在世上

进入狼洞
裹着狼皮出来

进入虎穴
拎着虎尾出来

进入野蛮部落
驮着一身伤情出来

进入炉膛
被吐成青烟出来

进入天堂
进入天堂……
没有一个勇士出来

冬至耳语

我掉进冬至的夹缝里
被卡住了
冰凉的皮肤划出了几串血珠
倒映着外头的一线……
生机

在河边烧纸祭奠的人
都死过父母至亲
可是我受命在先不能烧纸
往年冬至,我献上保温保鲜的百合花

被窒息断气之前
我和阎王的听差协商
好吧,我这就跟你去那里服役
必须答应一个条件

怜惜那些失去父母至亲的人

他们像守灵的小松树,还很年轻
允许他们凭借哀思长高
凭借忍耐长结实

我一生就是这么过来的
活成了老孤儿还在乎什么天堂地狱
冬至泛着饺子、酒和我几本著作的气息
渗到明年后年的光褶里……
由浓变淡,直到无,再无中生有

我掉在冬至的夹缝里
不能抽身去祭奠故去的家魂
……好吧,阎王的听差
容我吃一只饺子、喝一口茅台
这就跟你去那里服役

今年辞

江雪疏落,岸草枯垂
柳叶铺洒一地,枝条半绿半黄
涛声里的精血带着余温
把一座江城的苦心孤诣续到今年

岁月,顾及旧情
载走六朝又数朝的宫旗
不薄新欢,留下码头通江达海
向外输送云锦、大观园、伤心条约
终究……留下日常进行曲

横跨大江的众桥在穿引人流
轮船满载,牵引物流,一切是好的
飞机当空端的是腾云驾雾
时有间隙,让一人一物若断若接
寒风,暖日……单衣和我

过往,即是不在
给予大江腾挪遗物的自由度
解除累身的时弊

路漫漫其修远兮
克己,裁减,轻抵本真
一人一物的精血为之破骨流尽
旧岁离席,随江退向东海
午休的司马迁未及来码头折柳相送

此季无柳可折
金陵,执的是牛耳
大肚量中的一切都是好的

飞出物

空气被划开
尘埃……向周围扬散
未及眨眼,羽尾已经飞逝

它未必是箭矢
——落到想象的火焰中
可能会持久地飞
与性善的神童相约
奔向一颗自带光辉的星辰

起飞处
扬散的尘埃裹着螨虫、浮游菌
回填着飞出物的通道
抹去它的痕迹

世事稀解,变史海
……捞起一只锈透了的箭头

考证，试验，对比：

它飞出去落下来的全过程
与已知的哪一种
意义中的飞出物相吻合……

墓地，算术题

泪雨
攥住柔软、敏感、悲伤
往墓地里引

清明节碑立着
腾出所有的时间段
收容死

古松是墓地的门客
随风掰动手指
给生者
演算死的庄重与大义

为了生
一切空间都被设定了时限
死，让
清明节永生

假如我长生不老

后来
微信朋友圈
发图文的人越来越少

最后
微信好友们都不发图文了
即使长命百岁的
也都谢世

他们的微信头像还在
我继续在微信朋友圈发图文
自己看，替他们看

我活成了克莱因瓶
通透了无内无外的阴阳两界
气流通阴，血流通阳
枉耗着多少人的生命资源

没人对我称兄道弟
连玄武岩的雕像都嫌我碍事
碍了他的神秘

哪还有人加我好友
微信,是倒叙两万年的东西

转 机

深山老林
与凤尾蕨贴面而生
亿万年了还可以原始下去

蜗牛伸颤着两支细角
看见蜥蜴爬过来
自守于壳体不惧瞬息风险

冰雹砸醒了初夏
屋里的电视机屏住气
一阵台风过后又说说唱唱

柚桃、樱桃、瓜果上市
电影院里放映新片
注射过疫苗的人群步履轻便

亿年万载,风化一路时艰

春夏交替中或有惊变
变中含了一定的底气、思路与尺度
不变的是危机中的转机
占据上风